Edgar Wallace

6

Edgar Wallace

löst das Rätsel

Die Glasaugenmenschen

John Gilmoor

kibu

Edgar Wallace löst das Rätsel

Der Überfall

Den Tag über hatte es geschneit. Am späten Nachmittag dann war der Nebel gekommen und hatte London wie ein riesiges Raubtier verschlungen. Feucht, schleimig und grau lastete er auf den Dächern der großen Stadt. Der Verkehr geriet ins Stocken, und gegen Abend waren kaum noch Menschen unterwegs. Der Dunst erstickte fast vollständig die Geräusche, die sonst zum Alltag der englischen Hauptstadt gehörten. Leise war das Knattern der wenigen Automobile zu vernehmen, die noch auf den Straßen verkehrten. Immer wieder klangen warnende Hupsignale auf, und die Glocken der Pferdedroschken, die nur als große Schatten zu erkennen waren, verrieten, daß irgendwo in dem undurchdringlichen Dunst noch Leben herrschte, das sich geheimnisvoll und nahezu unsichtbar vollzog.

Jacob Whipple haßte den Nebel, jedenfalls dann, wenn er gezwungen war, an solchen Tagen zu arbeiten, anstatt gemütlich in seiner Wohnung am Kamin zu sitzen und seine Pfeife zu rauchen. Er fragte sich, warum immer er an solchen Abenden mit Botengängen betraut wurde. Er war Geldbote der „Wentworth & Wentworth Bank", und der alte Horatio Wentworth hatte besonderes Vertrauen zu ihm. Darauf hätte Jacob Whipple gern verzichtet, doch das wagte er seinem Chef nicht zu sagen. Er beschleunigte seinen Schritt und faßte die schwarze Tasche mit der Metallverstärkung fester. Der großkalibrige Webley-Revolver in seinem Gürtel drückte.

Kurz vor der langen Biege zum Piccadilly Circus passierte

er die Vigo Street. Hier stand eine Straßenlaterne, deren Licht zwar gegen den Nebel nicht ankam, die aber eine gute Wegmarke darstellte. Jacob Whipple war erleichtert, die hohe, mit Gußornamenten verschnörkelte Laterne zu sehen.

Im nächsten Moment fiel ihm eine Gestalt unweit der Lampe auf.

Die Gestalt bewegte sich nicht. Whipple vermutete, daß der Mensch vor ihm die Orientierung verloren hatte und nicht weiter wußte. „Hallo!“ rief Whipple. „Kann ich Ihnen helfen?“

Die Gestalt rührte sich nicht. Whipple stapfte näher. Die Sicht war wirklich schlecht. Whipple erkannte, daß die Gestalt einen altertümlichen Umhang trug. Er dachte, daß es alten Leuten verboten werden sollte, bei solchem Wetter allein aus dem Haus zu gehen. Dann sah er, daß der Mensch vor ihm einen merkwürdigen Hut auf dem Kopf hatte – es war ein Dreispitz.

Ob irgendwo ein Kostümball ist? fragte Whipple sich. Er blieb stehen. Die eisige Kälte, die sein Gesicht gerötet hatte, kroch ihm jetzt durch die Adern. Ein eigenartiges Gefühl lähmte ihn. Etwas Unerklärliches preßte sein Herz zusammen. „Hallo!“ wollte er noch einmal rufen. „Sagen Sie doch etwas . . .“ Doch seine Stimme versagte.

Die Gestalt vor der Laterne drehte sich langsam um. Jacob Whipple wurde vom nackten Entsetzen geschüttelt. Er konnte kein Glied mehr rühren. Die Angst raubte ihm fast den Verstand.

Die Gestalt hatte ein bleiches, regloses, totes Gesicht, das

Whipple trotzdem bekannt vorkam. Der Mann sah aus, als sei er aus einer lange untergegangenen Zeit heraufgestiegen. Und dann sah Whipple die Augen des Mannes: In ihnen war kein Leben. Sie waren gläsern schimmernde Höhlungen.

Ein Gespenst! dachte Whipple. Kein Zweifel. Da öffnete die Gestalt den Mund. Ein schwarzes, zahnloses Loch. Ein Schrei ertönte, der Jacob Whipple das Blut in den Adern gefrieren ließ. Es war ein Laut, der nicht von dieser Welt stammte. Er begann mit einem dumpfen Gurgeln, steigerte sich zu einem schrillen, gellenden Kollern und endete wie das Heulen einer Sirene.

Die Gestalt hob beide Arme. Der Umhang klaffte auseinander. Whipple sah eine Offiziersuniform aus alter Zeit. Dann traf ihn ein furchtbarer Schlag. Whipple sank zu Boden, während die Gestalt sich über ihn beugte. Der Blick der starren, toten Augen war entsetzlich.

Plötzlich war die Gestalt weg. Als hätte sie sich in Luft aufgelöst, zusammen mit der metallverstärkten Tasche Whipples. Er lag am Boden, allein im dichten Nebel an jenem kalten Dezemberabend, und noch gellte der entsetzliche Schrei des Unheimlichen in seinen Ohren.

Als der kleine, etwas rundliche Mann mit dem Bowler auf dem Kopf sich aus dem verbeulten Sunbeam Roadster quälte, war er trotz der Kälte schweißgebadet: Eine Autofahrt durch den Londoner Nebel war ein Abenteuer auf Leben und Tod, zumal dann, wenn es Mitternacht war und sich auf den Straßen Glatteis zu bilden begann.

Er vergrub die Hände in den Taschen seines abgetragenen Wintermantels und bewegte sich mit müden Schritten gähnend über die Regent Street.

Unter einer Gaslaterne an der Einmündung der Vigo Street standen zwei Bobbies, die mit ihren hohen, runden Helmen trotz des Nebels unverkennbar waren. Ein dunkelblauer Einsatzwagen der Polizei stand ein Stück weiter am Straßenrand.

„Guten Abend, Inspektor", grüßte einer der Beamten. Pommery gähnte als Antwort erneut und tappte vorbei. Vor ihm tauchte ein junger, schlanker Mann in makellosem Trenchcoat und einer karierten Schildkappe auf.

„Gut, daß Sie da sind, Inspektor", sagte Sergeant Daven. Wie immer wirkte er eifrig und beflissen und sah nicht danach aus, als sei er, wie Pommery, unsanft aus dem Bett gerissen worden.

„Wieder einer dieser merkwürdigen Überfälle, Sir", berichtete Daven. „Ein Geldbote der Wentworth-und-Wentworth-Bank ist das Opfer. Der Mann steht völlig unter Schockeinwirkung. Er hat bis eben wirres Zeug geredet. Er ist zwar geschlagen worden, scheint aber unverletzt zu sein. Ich habe vorsichtshalber einen Arzt informiert."

Sie hatten sich dem blauen Polizeiwagen genähert, dessen Türen offenstanden. Auf dem Rücksitz bemerkte Pommery einen kleinen, schmächtigen Mann mit kreidebleichem Gesicht. Ein anderer, schnauzbärtig und dick, beugte sich über ihn und fühlte ihm den Puls. Er drehte sich gerade um, als Pommery und Daven das Auto erreichten. Er sagte: „Der Mann hat eine schwere Prellung an der rechten Schulter. Er ist unterkühlt, weil er eine Weile auf dem eisigen Pflaster gelegen hat. Ansonsten ist er ziemlich verwirrt. Ich habe ihm geraten, ein paar Tage zu Hause im Bett zu bleiben."

„Kann er ein paar Fragen beantworten?"

Der Arzt zuckte mit den Schultern: „Ich habe nichts dagegen."

Pommery beugte sich in den Wagen. Er stellte sich vor, hatte aber den Eindruck, daß der andere ihn gar nicht wahrnahm.

„Er heißt Jacob Whipple", sagte Sergeant Daven von hinten.

„Was für einen Auftrag hatten Sie heute abend auszuführen, Mr. Whipple?" fragte Pommery.

„Ich sollte einen Geldbetrag ins Regent Palace Hotel bringen", antwortete Whipple. Er sprach stockend, mit schwacher Stimme. „Mr. Wentworth sagte, es sei unaufschiebbar. Ich sollte die Geldtasche beim Chefportier abgeben."

„Kommt es öfter vor, daß Sie um diese Zeit noch mit Geldbeträgen unterwegs sind?"

„Jede Woche."

„Wie hoch war der Betrag, den Sie heute abend bei sich hatten?"

„Fünftausend Pfund."

Pommery nickte anerkennend. Er fragte: „Hatten Sie das Gefühl, verfolgt zu werden? Sind Sie beobachtet worden?"

„Nein."

„Wer wußte von Ihrem Auftrag?"

„Mr. Wentworth natürlich, und der Kassierer unserer

Bank. Ich nehme an, auch der Chefportier des Hotels, und vermutlich der Gentlemen, für den das Geld bestimmt war."

„Noch eine Frage, Mr. Whipple, die Sie jetzt nicht beantworten müssen. Ich werde Sie bestimmt noch einmal befragen, so daß Sie Zeit haben, sich alles noch einmal zu überlegen: Haben Sie eine Ahnung, wer Sie überfallen hat, haben Sie den Dieb eventuell erkannt?"

„Ja, Sir", sagte Whipple tonlos. Er blickte starr an Pommery vorbei.

„Sie haben ihn erkannt?" Pommery war überrascht.

„Ja, Sir. Es war Admiral Nelson."

Pommery richtete sich auf und drehte sich zu Sergeant Daven um.

„Es war Admiral Nelson", sagt er.

„Aber . . ." Daven schüttelte den Kopf. „Admiral Nelson ist tot."

„Sehr gut beobachtet, Sergeant", sagte Pommery. Er stopfte die Hände wieder in die Manteltaschen und schlenderte ein Stück den Gehsteig hinunter. „Lassen Sie den Mann nach Hause bringen", sagte er zu den Bobbies. „Ich werde ihn in den nächsten Tagen noch einmal verhören."

„Sir, was der Mann sagt, ist völlig unmöglich. Er muß einen furchtbaren Schock erlitten haben", sagte Sergeant Daven, der hinter Pommery herhastete.

„Unmöglich, Sergeant?" Pommery legte den Kopf schief. „Der Mann hat es gesehen. Wissen wir etwas Besseres? Denken Sie an die anderen Überfälle. Alle sind in Nächten wie diesen verübt worden. Jedesmal waren die Opfer starr vor Schrecken. Immer waren es Bankboten, nie haben sie

Aussagen über die Täter gemacht. Warum wohl? Vermutlich, weil sie etwas Ähnliches gesehen haben wie Mr. Whipple. Er hat sich getraut, zu sagen, was er gesehen hat. Die anderen haben befürchtet, für verrückt erklärt zu werden."

„Bedeutet das, daß Sie ihm glauben?" fragte Daven.

„Ich dachte, Sie lesen so wie ich Edgar Wallace, Sergeant", sagte Inspektor Pommery. Hat Wallace nicht gesagt, der Kriminalist glaubt nur, was er selbst ermittelt hat und hieb- und stichfest beweisen kann? Ich muß die Informationen nehmen, die ich kriege, und mir dann selbst ein Bild machen." Pommery gähnte erneut. „Ich für meinen Teil werde mich wieder zu Bett begeben. Aber Sie können ja noch einen Abstecher zum Trafalgar Square machen, Sergeant."

„Warum, Sir?"

„Nachsehen, ob Admiral Nelson noch auf seinem Denkmalssockel steht."

„Aber, Inspektor . . ." Daven kicherte.

„Mr. Whipple hat ihn heute Nacht gesehen", erwiderte Pommery ernst. Er überquerte die Straße und bestieg seinen Sunbeam Roadster. Knatternd sprang der Motor an. Sergeant Daven blickte ihm nach. Er war verwirrt. Manchmal wußte er nicht, woran er mit Pommery war. Vorsichtshalber beschloß er, wirklich am Nelson-Monument vorbeizufahren. Man konnte nie wissen . . .

Das gläserne Auge

Der Nebel war diesmal sehr hartnäckig. Er hob sich in den Tagen nach dem Überfall nur selten, senkte sich aber jeden Abend wieder wie ein Leichentuch auf die große Stadt.

Ebenezer Pommery wanderte, die Hände tief in den Taschen seines Mantels, vom Scotland-Yard-Gebäude kommend auf dem Embankment an der Themse entlang. Hier waren die grauen Schwaden besonders zäh und dicht. Ab und zu strichen Frachtschiffe auf dem großen Strom abwärts, meist war nur das dumpfe Tuten der Signalhörner zu vernehmen.

Pommery hatte nichts gegen den Nebel. Er schützte Gerechte und Ungerechte, und er gab dem Spaziergänger das Gefühl von Einsamkeit, die Pommery liebte, weil sie ihm Gelegenheit gab, in Ruhe nachzudenken.

Die Überfälle der letzten Wochen gingen ihm nicht aus dem Sinn. Ihm war der Fall übertragen worden, weil sich mehrere andere Beamte daran die Zähne ausgebissen hatten. Pommery war bekannt dafür, daß er selbst mit hoffnungslosen Fällen fertig wurde, auch wenn er wegen seiner Methoden bei vielen Kollegen belächelt wurde. Doch offen übte schon lange niemand mehr Kritik an ihm, weil er erfolgreich war: Er orientierte seine Arbeit an den Fällen des berühmten Kriminalschriftstellers Edgar Wallace, dessen Phantasie er bewunderte und über dessen Kenntnisse der Methoden der Unterwelt er nie genug staunen konnte. Seit er die Bearbeitung der merkwürdigen Überfälle übernommen hatte, zermarterte er sein Gehirn, ob Wallace in irgendeinem seiner zahlreichen Bücher ähnliche Vorgänge beschrieben hatte.

Immer waren es Angestellte von Banken gewesen, die überfallen worden waren. Stets hatten sie größere Geldbeträge transportiert, und nie hatte es viele Mitwisser gegeben. Immer waren die Überfälle an Abenden wie diesem passiert. Nie hatten die Opfer eindeutige Aussagen über den Täter machen können – bis auf Jacob Whipple, der spontan Angaben gemacht hatte, die auf den ersten Blick völlig verrückt klangen. Inzwischen war wohl auch Mr. Whipple klar geworden, daß ihn unmöglich Admiral Nelson überfallen haben konnte, der in Stein gehauen am Trafalgar Square stand. Aber Pommery nahm die Aussage Whipples ernst. Es mußte etwas daran sein. Er war überzeugt, daß eine besonders raffinierte und gut informierte Bande ihr Unwesen trieb. Inzwischen war unter den Bankboten der Stadt regelrecht Hysterie ausgebrochen, wenn sich Nebel über London senkte. Pommery fühlte sich an den Roman „Die Bande des Schreckens“ von Edgar Wallace erinnert und beschloß, ihn noch an diesem Abend zu lesen. Außer den dürftigen Aussagen der Opfer, gab es nicht die geringsten Anhaltspunkte, keine Spur. Die Täter mußten Phantome sein. Eines stimmte allerdings in allen Aussagen überein: Die Täter hatten entsetzliche Schreie ausgestoßen, die die Opfer geradezu gelähmt hatten.

Pommery hatte Sergeant Daven ermitteln lassen, welche Banken in den nächsten Tagen größere Geldbeträge durch Boten außerhalb der normalen Geschäftszeit transportieren lassen würden. Er wußte, daß an diesem Abend ein Bote der

Cornhill Bank von der Poultry zu einem reichen Kunden der Bank, der in der Marshalsea Road eine Wohnung hatte, geschickt werden würde. Es war nicht der einzige Transport dieser Art an diesem Abend. Andere Beamte versuchten, einige weitere Boten zu überwachen, doch Pommery rechnete sich wenig Erfolg aus; der Nebel war zu dicht, die Sicht zu schlecht.

Pommery zog die silberne Taschenuhr hervor, warf einen Blick darauf und sah vor sich aus dem Nebel die Laternen der Southwark Bridge auftauchen. Jetzt mußte es bald soweit sein, der Bote mußte die Brücke passieren.

Pommery hatte die Brücke fast erreicht, als er oben neben einer Laterne eine Gestalt gewahrte, die reglos am Geländer stand. Dumpf gurgelten die Fluten des Stromes.

Pommery behielt die Gestalt im Auge. Sie war nur in Umrissen erkennbar. Pommery fröstelte. Er schlug den Kragen seines Mantels hoch. In diesem Moment drehte sich die Gestalt neben der Laterne um und war am Brückengeländer so zu erkennen, daß das Licht direkt auf sie fiel. Pommery stockte der Atem: Die Gestalt hatte ein fast weißes Gesicht. Sie trug ein altertümliches Barrett, unter dem eine wallende, lockige Haarpracht hervorquoll. Trotz der Entfernung und der schlechten Sicht wußte Pommery sofort, wen er auf der Southwark Bridge sah: William Shakespeare, den berühmten Dichter aus dem 17. Jahrhundert. Unverkennbar das glatte, streng geschnittene Gesicht. Unter dem Umhang ragte der hohe Kragen hervor.

Pommery glaubte zu träumen. Einen Moment stand er wie erstarrt. Dann begann er zu rennen. Die gespenstische

Gestalt auf der Brücke wandte sich dem Geländer zu und schaute direkt auf die Bankside hinab. Im nächsten Moment war sie verschwunden.

Pommery stürmte durch den Nebel unter der Brücke hindurch, um den Aufstieg auf der anderen Seite zu erreichen. Sein Herz klopfte wie rasend. Da sah er die Spukgestalt wieder über sich. Das wachsbleiche Gesicht schien über dem Brückengeländer zu schweben. Es blickte auf ihn hinunter. Pommery fühlte eine Kälte in seinen Gliedern, die nicht von der Kälte des Nebels herrührte.

„Stehenbleiben!" rief er. Trotz seiner Beleibtheit war Pommery sehr behende. Schon manche hatten sich durch seine schwerfällige Erscheinung täuschen lassen. Keuchend hetzte er den Brückenaufgang hoch. Da vernahm er einen Schrei, der ihm das Blut in den Adern gefrieren ließ. Es war ein Gebrüll, wie er es nie zuvor vernommen hatte. Wie angewurzelt blieb er stehen. In diesem Moment sah er, wie das bleiche Gesicht William Shakespeares einfach herunterfiel. Pommery glaubte, sein Herz bleibe stehen. Das Gesicht fiel aus dem Licht der Laterne in den Nebel und verschwand in der gurgelnden Themse. Gleichzeitig war die Gestalt verschwunden.

Pommery rannte weiter, obwohl er einen dumpfen Druck in seiner Kehle spürte. Er stürmte zu der Stelle, wo er das Gespenst gesehen hatte. Nichts. Kein Geräusch war zu hören. Pommery hetzte über die Brücke bis zur Einmündung in die Queens Street. Nichts. Pommery lauschte angespannt. Aber der Nebel erstickte jedes normale Geräusch. Pommery drehte sich um und kehrte auf die Brücke zurück.

Er blieb neben der Laterne stehen, wo er die Gestalt zuletzt bemerkt hatte. Er begann die Männer zu verstehen, die an kalten, nebligen Abenden derartig unwirklichen Gestalten gegenübergestanden hatten und von ihnen beraubt worden waren. Sie konnten vermutlich noch immer nicht begreifen, was ihnen geschehen war.

Ein mattes Spiegeln auf dem grauen Brückenbelag fiel ihm auf. Er bückte sich und hob einen gläsernen Gegenstand auf. Eine Halbkugel mit schwarzem Punkt in der Mitte. Sie sah aus wie ein durchgeschnittenes Auge.

Pommery hörte und sah eine schmächtige Gestalt über die Brücke kommen. Der Mann trug eine schwarze Tasche und blieb erschrocken stehen, als er Pommerys Gestalt im Nebel bemerkte.

„Nur keine Angst“, sagte Pommery. „Kommen Sie von der Cornhill Bank? Ich bin von Scotland Yard. Sie haben Glück, Sie werden unversehrt in die Marshalsea Road gelangen.“

„Haben Sie – haben Sie jemanden festgenommen?“ fragte der Mann mit bebender Stimme.

„Ich glaube, daß es ein bißchen schwierig werden würde, William Shakespeare zu verhaften“, murmelte Pommery, noch immer nachdenklich auf das Glasauge in seiner Hand blickend.

„Ich verstehe nicht, Sir.“

„Beruhigen Sie sich, guter Mann, ich verstehe das auch nicht. Ich wünsche ihnen einen guten Heimweg.“ Pommery steckte das gläserne Auge in die Manteltasche und schlenderte gedankenverloren zur Cannon Street hoch. Ein Taxi rollte schneckenhaft langsam durch den Nebel. Pommery sprang auf die Straße und klopfte an die Seitenscheibe. Der Fahrer hielt. Pommery stieg ein und ließ sich zum Hyde Park fahren, wo er seine kleine Wohnung hatte. Immer wieder sah er das entsetzliche Bild vor sich, als das bleiche Gesicht des toten William Shakespeare über dem Brückengeländer geschwebt und dann ins neblige Nichts gefallen war. Er wußte, daß in der Welt des Verbrechens nichts unmöglich war, aber er fragte sich, wohin dieser Fall ihn noch führen würde. Eines jedoch war sicher: Er hatte eine erste Spur.

Es schneite, als Inspektor Pommery und Sergeant Daven die große Halle des Wachsfigurenkabinetts von Madame Tussaud betraten. Hier war es warm, und sogleich umfing sie die behäbige, plüschige, vornehme Atmosphäre, die einem Gebäude zukam, in dem man die berühmtesten Personen der Weltgeschichte treffen konnte – wenn auch nur in Wachs nachgebildet.

Auf einem breiten Treppenabsatz stand ein phantasievoll uniformierter Wärter und blickte in die Halle hinunter.

„Ich werde den Mann dort fragen, wie wir zum Direktor kommen", sagte Daven. Er eilte die Treppe hoch. Pommery blickte ihm nach und hörte ihn gleich darauf sagen: „Wie finden wir den Direktor, Sir?"

Der Wärter antwortete nicht. Daven beugte sich vor und drehte sich mit puterrotem Gesicht um.

„Der ist aus Wachs, Sir", sagte er. Pommery schmunzelte. Im nächsten Moment tauchte ein würdig aussehender Gentleman auf, der sich Pommerys Wunsch schweigend anhörte, sich verneigte und die beiden Beamten aufforderte, ihm zu folgen. Er führte sie an der Kasse vorbei, wo ein echter Bediensteter saß, wie Sergeant Daven sich mißtrauisch überzeugte.

Das Büro von Sir Edwin Hippelshaw, dem Direktor des weltberühmten Wachsfigurenkabinetts, war mit victorianischer Gemütlichkeit eingerichtet. Sir Edwin residierte hinter einem imposanten Schreibtisch aus schwerer Mooreiche. Er war hochgewachsen und hager und nahm ein Monokel aus dem linken Auge, als Pommery und Daven eintraten.

„Wir ermitteln wegen einiger rätselhafter Raubüberfälle", erklärte Pommery. „Sie werden sicherlich in den Zeitungen schon darüber gelesen haben, Sir."

„In der Tat", bestätigte Sir Edwin. „Hochinteressant. Die Opfer machen keinerlei Angaben. Ich hoffe, daß Sie den Täter bald fassen und wir Gelegenheit haben, seine Gestalt in Wachs nachzubilden, um sie in unserem Schreckenskabinett auszustellen. Nach allem, was man so hört, muß der Mann ein Genie sein. Er verfügt stets über die besten Informationen und geht mit großem Geschick und atemberaubender Schnelligkeit vor."

„Das stimmt wohl, Sir", gab Pommery mit säuerlichem Lächeln zu. „Aber seien Sie sicher – am Ende kriegen wir jeden."

„Davon bin ich nicht nur überzeugt, Inspektor, das hoffe ich als ordnungsliebender Bürger auch", versicherte Sir Edwin Hippelshaw. „Aber sagen Sie mir, wie ausgerechnet ich Ihnen in dieser Angelegenheit behilflich sein kann."

Pommery langte in die Tasche und legte die gläserne Halbkugel auf den Schreibtisch. „Mir ist gesagt worden, Sir, daß derartige Gegenstände für Schaufensterpuppen oder Wachsmasken benutzt werden."

Sir Hippelshaw preßte sich das Monokel wieder ins Auge. Er nickte: „Richtig, Inspektor. Das ist ein Glasauge, wie es bei der Herstellung von Wachsgesichtern verwendet wird. Wo haben Sie das her?"

„Es ist eine Spur, Sir. Wo werden solche Augen hergestellt?"

„In der Regel in speziellen Glasfabriken, Inspektor. Dieses Auge ist eine vorzügliche Arbeit. Ich bin sicher, daß wir ähnliche Fabrikate in unserer Werkstatt verwenden." Sir Edwin Hippelshaw umrundete seinen Schreibtisch. Er führte Pommery und Sergeant Daven durch einige muffig riechende Gänge zu einem großen Werkstattraum, in dem unbekleidete Wachspuppen herumstanden. Man hatte das Gefühl, von allen Seiten beobachtet zu werden.

Inmitten von kopflosen Wachsgestalten saß ein kleiner, leicht verwachsener, vollbärtiger Mann an einem Werktisch und hatte eine wächserne Kugel vor sich stehen. Mit verschiedenen Spachteln war er dabei, dem glatten Material menschliche Züge zu verleihen. Er arbeitete mit Geschick und mit traumwandlerischer Sicherheit. Schon konnte man in Ansätzen ein fast lebensecht wirkendes Gesicht erkennen.

„Wir erneuern den Kopf von König Heinrich VIII.", erklärte Sir Hippelshaw. „Der Bart fehlt noch. Das ist übrigens Mr. Farlow, der Chef unserer Werkstatt."

Der Meister brummte nur ungnädig. Er machte einen

scheuen, in sich gekehrten Eindruck. Pommery vermutete, daß er mehr mit Wachspuppen als mit lebenden Menschen umging. Er legte das Glasauge vor den kleinen Mann hin. „Stammt das aus Ihrer Werkstatt, Mr. Farlow?"

Der Meister betrachtete das Auge. Er räusperte sich: „Könnte schon sein. Vielleicht hat einer der Lehrlinge es mitgenommen, um damit jemanden zu erschrecken."

„Dieses Auge spielte bei einem Verbrechen eine Rolle", sagte Sir Hippelshaw. „Sind Sie ganz sicher, daß es wirklich von uns stammt?"

„Ich nehme an, daß auch andere Firmen diese Augen kaufen", sagte Farlow. „Man sieht es diesen Glasaugen nicht an, wer sie verwendet."

Er deutete auf eine große Schachtel, in der mindestens drei Dutzend davon lagen. Sergeant Daven erschauerte. Er hatte das Gefühl, sich in einem Leichenhaus zu befinden.

„Eventuell werden wir die Lehrlinge und die anderen Angestellten noch einmal befragen müssen", sagte Pommery, als sie sich verabschiedeten.

„Wir stehen jederzeit zur Verfügung, Inspektor", sagte Sir Hippelshaw. „Übrigens fertigen wir gerade eine Serie von Köpfen bedeutender Zeitgenossen an. Einige der größten Fabrikanten, Bankiers und Politiker haben bereits Modell gestanden. Wenn Sie diesen ungemein rätselhaften Fall aufklären, sollten wir auch Sie in Wachs verewigen."

„Ich glaube nicht, daß ich der Richtige dafür bin", meinte Pommery bescheiden.

„Sie stellen Ihr Licht unter den Scheffel, Sir", beeilte Daven sich zu versichern. „Ich glaube wirklich, Sir Edwin hat recht, auch einen großen Kriminalisten wie Sie vorzustellen."

„Ich bin nur ein unbedeutender Polizist", wehrte Pommery ab. „Ich verdanke meine kleinen Erfolge ausschließlich Edgar Wallace."

„Edgar Wallace?" wiederholte Sir Hippelshaw erstaunt. „Sie lesen Kriminalromane, Inspektor?"

„Edgar Wallaces Bücher sind weit mehr als Kriminalromane, Sir", sagte Pommery. „Ich darf wohl behaupten, daß seine ungewöhnlichen Geschichten mich mehrfach auf die Spur von außerordentlich begabten Verbrechern geführt haben. Als Kriminalist könnte Edgar Wallace den meisten meiner Kollegen noch viel beibringen. Ihn sollten Sie ausstellen."

„Ich verstehe zwar nicht ganz, was Sie meinen, Inspektor", sagte Sir Edwin Hippelshaw. „Aber Edgar Wallace ist als berühmte Person unserer Zeit natürlich in unserem Kabinett ausgestellt. Halle drei, Inspektor. Berühmte Schriftsteller, Schauspieler und Sportler."

„Es wäre sehr angemessen, wenn Sie Ihren Platz neben Edgar Wallace finden würden", bemerkte Sergeant Daven, als er mit Pommery durch die großen Hallen ging, in denen sich zahlreiche Besucher befanden, die die verblüffend lebensechten Gestalten aller berühmten Personen der Menschheitsgeschichte anstaunten.

Wenig später standen sie in Halle drei vor der Wachsfigur von Edgar Wallace. Die massige Gestalt des weltberühmten Schriftstellers saß auf einem bequemen Lehnstuhl. Auf einem Tisch stand ein Diktaphon, auf das, wie alle Welt wußte, Wallace in endlos langen Nächten seine phantasievollen, ungewöhnlichen Kriminalfälle sprach, die in Riesenauflagen gedruckt wurden. Sein breiter Kopf mit der langen silbernen Zigarettenspitze zwischen den Lippen wirkte so lebendig, daß Pommery ehrfürchtig seinen Bowler lüftete.

„Dieser Mann wüßte sofort, wie unser Fall zu lösen wäre", sagte er. „Ich bin sicher, daß er in seinen Büchern vergleichbare Vorfälle beschrieben hat. Ich werde mich in den nächsten Tagen noch einmal intensiv mit seinen letzten Veröffentlichungen befassen müssen."

„Ein wirklich beeindruckender Mann, Sir", pflichtete Sergeant Daven dem Inspektor bei. „Man könnte annehmen, daß die Figur sich gleich erhebt und davonspaziert."

„Das ist es, worüber ich nachdenke", sagte Pommery. „Kann man auch laufende Wachsfiguren herstellen?"

„Ich kann mir kaum wächserne Straßenräuber vorstellen", sagte Sergeant Daven.

„Das ist es eben", sagte Pommery, während er nachdenklich neben Daven herschritt. „Wir können uns viele Dinge nicht vorstellen. Uns fehlt die Phantasie. Wallace denkt weiter. Er sieht Möglichkeiten, die wir nicht erkennen."

Sie erreichten die breite Treppe, die in die riesige Eingangshalle hinabführte. Dort wimmelte es jetzt von Menschen. Eine Touristengruppe war soeben eingetroffen und wurde von einem Führer in Empfang genommen.

Auf dem Treppenabsatz stand noch immer der schön uniformierte Wärter. Daven lachte. Er sagte: „Noch einmal falle ich darauf nicht herein, Sir. Aber der Bursche sah auf den ersten Blick wirklich lebendig aus."

Als sie die Figur des Wärters passierten, klopfte Daven der Puppe vergnügt auf den Rücken. Da drehte die Puppe sich um, räusperte sich und starrte Daven erstaunt an. Es war dasselbe Gesicht, das die Wachspuppe gehabt hatte. Aber diesmal war der Mann lebendig.

Daven wurde kreidebleich. Er schwankte und sah aus, als würde er gleich ohnmächtig werden. Vom Schrecken gezeichnet, mußte er von Pommery gestützt werden, der ihn durch die große Halle zum Portal führte.

„Ich – ich schwöre Ihnen, Sir", ächzte Daven. „Vorhin, als wir gekommen sind, war er nur aus Wachs."

Pommery antwortete nicht. Er dachte an seine eigene unheimliche Begegnung im Nebel an der Themse.

Friedhofsnacht

Montagnacht nach dem 2. Advent des Jahres 1926: Es war klirrend kalt. Die Luft war kristallklar. Am Himmel funkelten die Sterne wie Diamanten. Der sichelförmige Mond streute silbriges Licht auf die große Stadt.

Auf dem St. John-Friedhof zwischen der Wellington- und Prince-Albert-Road wirkten sogar die Schatten der Grabsteine erhaben. Leise rauschte der Wind in den hohen Ulmen und Eichen. Hier und da standen reglose Steinfiguren; kleine Putten mit Blumenkörben und pausbäckigen Gesichtern und riesige Engel mit geweiteten Schwingen aus Marmor und Granit.

Im älteren Teil des Friedhofs waren die Grabsteine und

Grabeinfassungen bemoost und teilweise von wildem Wein und Efeu überwachsen. Dort befanden sich die Gruftanlagen der großen Familiengräber.

Taylor Baines, der Friedhofswärter, stand im Schatten eines riesigen Gedenksteins. Er hatte den Pelzkragen seiner Jacke hochgeschlagen, trug eine Wollmütze und dicke Fausthandschuhe. Ab und zu spazierte er nachts über den Friedhof. Ihm machten die Schatten keine Angst.

Der Wetterbericht hatte für den weiteren Verlauf der Nacht Nebel angekündigt. Als Baines über das Gräberfeld blickte, sah er zwischen den römischen Säulen einer kleinen Marmorkapelle, die sich über einer alten Gruft erhob, eine Gestalt. Baines zog sich tiefer in den Schatten zurück. Sein Herz klopfte etwas schneller. Die Gestalt verließ den Schutz der Marmorsäulen und schritt den buchsbaumgesäumten Pfad zu einem Seitentor hinunter.

Das Wesen bewegte sich mit eigenartigen, gleitenden Schritten. Für Baines schien es fast so, als schwebe es. Seine Kehle wurde trocken. Er sah, wie der Nachtwind den langen Umhang des seltsamen Wesens bauschte. Einmal traf das Mondlicht ein bleiches, lebloses Gesicht mit starren Zügen. Baines kannte dieses Gesicht von der Abbildung in einem alten Buch: Dort bewegte sich ganz zweifellos Oliver Cromwell, der grausame Lordprotektor Englands aus dem 17. Jahrhundert. Deutlich war unter seinem Umhang ein langer Degen zu erkennen.

Baines hatte auf einmal Angst. Da war die Gestalt unvermittelt in den schwebenden und spielenden Schatten untergetaucht und war Teil der Unwirklichkeit geworden, die das

Mondlicht herbeizauberte. Doch Baines wußte, daß das, was er gesehen hatte, mehr als ein Schatten war.

Er bemerkte, daß die Luft klamm wurde. Der Nebel kam pünktlich. Er schob sich wie ein körperloses, graues Monstrum auf die Stadt zu. Irgendwo in den dichten Schwaden war die altertümliche Gestalt unterwegs. Baines schritt zwischen den Gräbern zu dem kleinen Wärterhaus am Hauptportal. Er war froh, als er die Tür hinter sich schließen konnte und von der Wärme des Kaminfeuers umfangen wurde.

Weiß Edgar Wallace Rat?

In dem kleinen, mit Akten und Papieren vollgestopften Büro von Inspektor Ebenezer Pommery im victorianischen Gebäude von Scotland Yard am Embankment grollte und gluckerte die Heizung, verbreitete zugleich aber bullernde Wärme, während vor den Fenstern Schneeflocken tanzten. Es roch nach Tabak und dem würzigen Earl-Grey-Tee. Auf dem Tisch standen zwei Teller mit gewaltigen Stücken des adventlichen Früchtekuchens mit Walnüssen.

„Wo waren Sie denn solange, Sergeant?“ fragte Pommery unwillig, als Daven durch die Tür trat. Soeben klangen vom Big Ben fünf dumpfe Glockenschläge herüber. „Es ist Tee-Zeit.“

„Entschuldigen Sie, Sir.“ Daven setzte sich und schob einen Ordner zu Pommery hinüber. „Ich habe die letzten Protokolle des gestrigen Überfalls gesichtet und mitgebracht. Er schaute zu, wie Pommery Milch in den Tee gab. „Diesmal war Oliver Cromwell der Täter."

„Wissen Sie schon, wie die Presse die Bande nennt?" fragte Pommery. „Die Glasaugenmenschen. Sehr zutreffend übrigens."

Pommery schlürfte genießerisch den Tee und biß in ein Stück Kuchen. Er zog mehrere Bücher heran, die neben den Aktenbündeln auf seinem Schreibtisch lagen.

„Haben Sie schon etwas bei Edgar Wallace gefunden, Sir?" fragte Daven respektvoll. Er hatte früher, bevor er zum ständigen Assistenten Pommerys ernannt worden war, ebenfalls mit viel Skepsis die Methoden des Inspektors beobachtet. Inzwischen aber war er Zeuge geworden, wie erfolgreich Pommery arbeitete, nur fiel es ihm selbst immer noch schwer, die richtigen Schlüsse aus den Romanen des großen Kriminalschriftstellers zu ziehen.

„Wir haben es mit einem Fall von äußerster Originalität zu tun, Sergeant", sagte Pommery. „Mit üblichen Polizeimethoden kommen wir nicht weiter. Verbrecher pflegen nun einmal nicht wie Beamte zu denken – sonst wären sie nicht Verbrecher, sondern Beamte geworden."

„Das ist eine furchtbare Vorstellung, Sir."

„So? Mir wäre es lieber, es gäbe keine Verbrecher mehr, Daven. Solange es sie aber gibt, können wir sie nur bekämpfen, indem wir versuchen, uns in ihre Haut zu versetzen. Wenn ich Edgar Wallaces Romane lese, bin ich immer wieder überrascht, wie gut Wallace es versteht, die Gedanken von Gesetzesbrechern bloßzulegen. Deshalb sind seine Werke für mich so wertvoll. Verbrecher handeln oft aus den unwahrscheinlichsten Motiven, die ein normaler Beamter nie erraten kann, und sie entwickeln dabei eine Phantasie, die einem den Atem verschlägt. Lesen Sie ‚Die Bande des Schreckens', Sergeant. Ich glaube, daß gerade dieses Buch wichtige Hinweise auf unseren Fall enthält. Es könnte sogar ein Motiv darin beschrieben sein: Rache."

„Rache, Sir? Nicht einfach Bereicherung?"

„Bereicherung auch, Daven. Aber das ist hier vielleicht nicht das wichtigste. Wir haben es womöglich mit einer Bande zu tun, deren Drahtzieher sich an jemandem rächen will. Bedenken Sie, daß immer nur Bankboten überfallen werden. Dabei gibt es wirklich andere Passanten genug, die die Opfer von Straßenräubern werden könnten. Zudem scheint der Kopf der Bande über glänzende Informationen aus dem Bankwesen zu verfügen, sonst könnte er von den Geldtransporten gar nichts wissen. Ich glaube, daß sich jemand an den Banken rächen will. Ein intelligenter Kopf, der sicher nicht zu der Sorte der einfachen Kriminellen gehört. Auch in ‚Die Bande des Schreckens' ist so ein Fall beschrieben."

„Nur bringt es uns diesmal wenig weiter, wenn wir das Motiv kennen, Sir", wagte Daven einzuwenden.

„Es grenzt den Täterkreis ein", sagte Pommery. „Außerdem: Vergessen Sie nicht meine eigenen Beobachtungen und das Glasauge. Ich bin sicher, daß die Täter Verbindungen zu Herstellern von Wachsfiguren haben. Das ist ungewöhnlich. Ja, ich möchte beinahe behaupten, daß künstlerische Fähigkeiten hinter diesem Verbrechen stehen. Irgendwie kommt mir auch immer wieder Edgar Wallaces Fall ‚Der Safe mit dem Rätselschloß‘ in den Sinn, auch wenn die Verbindung scheinbar nur locker ist.“ Pommery grübelte, während er seinen Tee schlürfte. Auch Daven verzehrte seinen Kuchen, während er wie gebannt auf den Inspektor blickte und wartete, was dieser weiter zu sagen hatte. Doch Pommery schwieg noch eine Weile und blätterte in den Büchern, die vor ihm lagen.

„Um noch einmal auf ‚Die Bande des Schreckens‘ zurückzukommen“, sagte er. „Ein wirklich beeindruckendes Buch übrigens, nicht nur wegen der aktuellen Bezüge zu unserem Fall. Der Haupttäter darin gilt als tot. Daher dauert es so lange, bis man ihm auf die Spur kommt. Er hält sich zwar geschickt im Hintergrund, aber gefahndet wird nach allen möglichen anderen Personen; denn der eigentlich Schuldige ist angeblich hingerichtet worden. Vielleicht sollten wir diesen Aspekt nicht ganz außer acht lassen, Sergeant. Es scheint mir auffällig, daß die Bande stets in der Aufmachung lange Verstorbener auftritt.“ Pommery verzehrte das letzte Stück seines Kuchens. Kauend bemerkte er: „Bedenken Sie, Sergeant, daß die Schuldigen sehr oft Menschen sind, denen derartige Taten nicht zugetraut werden. Auch dies ist etwas, was Wallace oft genug beschrieben hat.“ Pommery lehnte sich zurück, nachdem er sich Earl-Grey-Tee nachgefüllt hatte. Er schaute versonnen dem Spiel der weißen Flocken vor dem Fenster seines Büros zu. „Wir sind auf dem richtigen Weg. Ich bin sicher, daß wir bereits die richtigen Anhaltspunkte aus Edgar Wallaces Werk kennen. Wir müssen sie nur noch richtig auf unseren speziellen Fall anwenden. Phantasie, Sergeant! Das ist es, was ich immer wieder betonen muß: Wir brauchen Phantasie. Wenn Edgar Wallace uns schon in seinen Büchern mit zahllosen Beispielen viel Arbeit vorweggenommen hat, so müssen wir doch noch in der Lage sein, selbst umzudenken und seine Hinweise zu erklären."

„Darin sind Sie zweifellos Meister, Sir", sagte Sergeant Daven.

„Ich fürchte, ich werde nie das Format von Wallace erreichen", sagte Pommery abwehrend. „Aber ich denke, ich bin gewiß ein gelehriger Schüler von ihm. Das zu sagen, ist für einen Scotland-Yard-Beamten sicher keine Schwäche. Man sollte immer größere Geister anerkennen, nur dann kann man von ihnen lernen."

Das Phantom am Fenster

Es war Mitternacht, als Sir Arthur Litchfield erwachte und eine plötzliche Unruhe in sich fühlte. Sir Arthur war verwitwet. Er lebte allein in einer großen Wohnung am Oxford Square, die er nur mit seinem Butler teilte, der am anderen Ende des Flurs wohnte.

Er drehte sich im Bett um. Nebel wallten vor den Fenstern. Sir Arthur erstarrte. Er sah ein wachsbleiches Gesicht an der Scheibe. Zwei tote Augen starrten zu ihm herüber. Das Fenster war nur angelehnt. Jetzt schwang der Fensterflügel nach innen. Eine altertümlich gekleidete, seltsam starr und unwirklich scheinende Gestalt stand auf dem Fensterbrett. Sir Arthur wollte schreien. Doch er brachte keinen

Laut hervor. Als die fremde Gestalt mit einer schwebenden Bewegung ins Zimmer glitt, verlor er das Bewußtsein.

Zwei Stunden später klingelte in der winzigen Wohnung Inspektor Pommerys am Hyde Park das Telefon. Eine unverschämt wach klingende Stimme quakte ihm aus dem Hörer ins Ohr: „Gespräch für Sie!"

Die Vermittlung stellte die Verbindung her. Pommery brummte verschlafen, als er die Stimme Sergeant Davens vernahm. Er legte wenig später den Hörer hin, kroch aus dem Bett und kleidete sich rasch an. Mißmutig blickte er aus dem Fenster in den dichten Nebel. Er hatte nur wenig geschlafen. Auf seinem Nachttisch stapelten sich die Bücher von Edgar Wallace, die er bis tief in die Nacht studiert und nach Hinweisen durchsucht hatte, die ihm weiterhelfen konnten. Es klingelte an der Haustür. Sergeant Daven war bereits da, um ihn abzuholen. Mißmutig trat Pommery auf die Park Lane hinaus. Nebeneinander gingen sie zu dem alten Sunbeam Roadster des Inspektors hinüber, der neben einer Straßenlaterne parkte.

„Der erste Überfall in einer Wohnung, Sir", sagte Daven. „Aber es waren zweifellos dieselben Täter am Werk."

Der Motor sprang knatternd an. Daven sagte: „Der Oxford Square ist glücklicherweise in der Nähe. Wie ich inzwischen erfahren habe, ist dem alten Sir Arthur Litchfield ein größerer Geldbetrag in die Wohnung gebracht worden. Am frühen Abend schon, und durch einen Boten, der ein Automobil benutzt hat. Deshalb ist diesmal der Bote nicht überfallen worden, aber der alte Litchfield war auch ein leichtes Opfer."

„Trotzdem: Wenn unsere Wachsfiguren jetzt auch in Wohnungen eindringen, können wir uns auf etwas gefaßt machen“, bemerkte Pommery. „Dann ist jeder gefährdet, der allein lebt und über ausreichend Geld verfügt, um als Opfer in Frage zu kommen. Eines wundert mich: Immer sind Bankboten überfallen worden. Hier haben wir offenbar den ersten Überfall auf jemanden, der nichts mit einer Bank zu tun hat.“

„Nicht ganz, Sir“, berichtete Daven stolz. „Ich habe bereits ermittelt, daß Sir Litchfield Teilhaber der Sussex-Bank ist, von der er übrigens auch das Geld erhalten hatte, das gestohlen worden ist. Der alte Herr ist anscheinend sehr eigen in seiner Art, mit Geld umzugehen. Er hat seiner eigenen Bank wenig vertraut und sehr oft größere Beträge in bar in seinem Schlafzimmer aufbewahrt.“

„Sie machen sich, Sergeant. Großartige Arbeit.“

„Danke, Sir.“ Daven errötete. Wenig später erreichten sie das hohe, behäbig wirkende, luxuriös gebaute Mietshaus am Oxford Square, in dem nur wohlhabende Mieter zu Hause waren.

„Im vierten Stock, Sir“, sagte Daven. Pommerys Kopf zuckte herum.

„Im vierten Stock?“ wiederholte er. „Und der Täter ist durch das Fenster eingedrungen?“ Er schwieg und eilte vor Daven her die breite Treppe hinauf. In der Wohnung erwarteten sie bereits ein Bobby und ein Beamter von Scotland Yard, der Pommery erfreut begrüßte und darauf hinwies, daß er bereits das gesamte Schlafzimmer auf Fingerabdrücke und Fußspuren untersucht hatte.

„Nichts, Inspektor“, meldete er. „Keine Spuren. Lediglich ein bißchen zerbröckeltes Wachs habe ich gefunden.“

„Hoffentlich haben Sie es eingesammelt“, sagte Pommery. „Ich will, daß es genauestens im Labor untersucht wird.“

Gleich darauf stand er dem alten Sir Arthur Litchfield gegenüber. Der saß, in einen geblümten Schlafrock gehüllt, kreidebleich in einem gewaltigen Ohrensessel. Der Butler servierte gerade einen trockenen Sherry.

„Sie werden mich für verrückt halten, Inspektor.“ Die Stimme Sir Litchfields klang schwach. „Aber ich bin sicher, daß ich König Richard gesehen habe.“

„Richard Löwenherz natürlich“, sagte Pommery.

„Natürlich – aber, woher wissen Sie ... Ich meine, König Richard ist seit einigen hundert Jahren tot.“

„Sehen Sie, Sir, das ist das beste Alibi, das jemand haben kann. Wieviel Geld hat er Ihnen abgenommen?“

„Fünfundzwanzigtausend Pfund.“

„Ein unerhört hoher Betrag, Sir. Wer wußte davon, daß Sie gerade heute soviel Geld bei sich haben würden?“

„Meine Bank selbstverständlich. Der Bote auch, aber der kannte die Höhe des Betrags nicht.“

„Dann möchte ich jetzt das Schlafzimmer sehen, wenn Sie erlauben.“ Pommery wandte sich um. Sir Arthur Litchfield sagte hinter ihm: „Sie glauben mir doch, Inspektor?“

„Natürlich, Sir“, erwiderte Pommery. „Wer hat uns übrigens gerufen?“

„Ich, Sir“, antwortete der Butler. „Ich bin durch einen entsetzlichen Schrei erwacht. Er stammte aber nicht von Sir

Arthur. Der war zu diesem Zeitpunkt bewußtlos. Ich habe nur noch einen Schatten im Garten flüchten sehen. Ich zeige Ihnen das Zimmer."

Er eilte voraus. Pommery begab sich schnurstracks zum Fenster. Er beugte sich hinaus. Viel konnte er nicht erkennen, der Nebel war noch immer zu dicht. Immerhin: Die Höhe war beträchtlich. Es gab keine Regenrinne, keine Mauereisen und auch sonst nichts, an dem man sich festhalten konnte. Von einem Schneegitter direkt unterhalb des Fensters einmal abgesehen.

„Gehen Sie nach unten, Sergeant", befahl Pommery. Er betrachtete das Schneegitter genauer, schaute sich dann im Zimmer um, ließ sich das Geldversteck, ein offenes Schreibtischfach, zeigen und folgte Daven in den Garten. Erst sah er den Sergeant nicht, dann hörte er ihn rufen und bemerkte den Schein einer Taschenlampe: „Hier, Sir! Dieser verdammte Nebel. Man kann kaum die Hand vor Augen sehen. Ich glaube, in keinem Dezember war es so schlimm wie in diesem Jahr." Pommery trat auf einen harten Gegenstand. Er bückte sich. Es war ein Eisenhaken, an dem ein Rest einer dünnen Hanfschnur hing. Sergeant Daven rannte fast gegen ihn. Er war sehr aufgeregt. Er rief: „Ich habe etwas gefunden, Sir. Sehen Sie her!"

Triumphierend hielt er einen kleinen Schlüssel hoch.

„Es muß sich um einen Gepäckfachschlüssel handeln", sagte Daven. „Sehen Sie hier, es steht Marylebone darauf. Oh, was haben Sie da, Inspektor?" Daven zeigte auf den Eisenhaken.

„Lesen Sie Edgar Wallace, Sergeant", antwortete Pommery. „Das Buch ‚Die Tür mit den sieben Schlössern'. Übrigens paßt Ihr Fund ebenfalls dazu. Ich habe das Buch gerade gestern abend gelesen. Kommen Sie!" Pommery lief vom Garten auf die Straße. Dort stand der Beamte der Spurensicherung, bereit zum Gehen. Pommery rief ihm zu: „Nehmen Sie bitte das Protokoll auf." Er wartete nicht auf Antwort, sondern schwang sich in einen klapprigen Sunbeam. Bevor Daven die Tür richtig geschlossen hatte, gab Pommery Gas und brauste in halsbrecherischem Tempo los.

„Wohin, Sir?" stotterte Daven.

„Zur Bahnstation von Marylebone, das haben Sie doch selbst gesagt", erwiderte Pommery.

„Und der eiserne Haken, Sir? Was hat Edgar Wallace dazu geschrieben?" – „Eine Strickleiter, Sergeant", erwiderte Pommery vergnügt. „Mit diesem Haken ist eine Strickleiter zu dem Schneegitter hochgeworfen worden. Wallace hat diesen Trick eingehend dargestellt. Trotzdem war es eine Leistung, vier Stockwerke hochzusteigen. Vor allem, wenn man so alt ist wie König Richard Löwenherz."

Die kleine Bahnstation von Marylebone, von der aus die Eisenbahnstrecken nach Leicester, Manchester und Nottingham führten, hatte geschlossen. Pommery betätigte die Glocke am Eingang der Stationsverwaltung. Nach einiger Zeit ging hinter einem Fenster im obersten Stock Licht an. Dann beugte sich eine Gestalt über das Fensterbrett und schrie: „Ich schütte gleich einen Eimer Wasser runter!"

„Öffnen Sie!" rief Pommery. „Hier ist . . . "

Er sah nur einen Schatten, dann tat er einen Satz zur Seite.

Nur Sergeant Daven, der neben ihm gestanden hatte, blieb verdattert stehen. Ein Schwall Wasser platschte auf ihn herunter. Fassungslos stand Daven da und schüttelte sich wie eine gebadete Katze, während das Wasser nur so an ihm heruntertroff.

„Das – das ist eine Unverschämtheit, Sir. Beamtenbeleidigung! Körperverletzung!“ Daven begann mit den Zähnen zu klappern. Es war teuflisch kalt.

„Hier ist Scotland Yard!“ schrie Pommery wutschnaubend an der Fassade hoch. „Sie haben soeben einen Polizisten begossen. Dafür könnte ich Sie verhaften! Öffnen Sie sofort die Tür, oder ich lasse ein Überfallkommando kommen!“

„Warum haben Sie das nicht gleich gesagt!“ Das Fenster schloß sich. Wenig später wurde die Tür geöffnet. Ein hagerer Mann mit langer Nase und einer Schlafmütze auf dem Kopf, spähte durch einen Ritz und ließ sich Pommerys Polizeimarke zeigen.

„Es tut mir leid“, sagte er kleinlaut. Er vermied es, den triefenden Sergeant Daven anzuschauen. „Aber man liest so viele Schauergeschichten in den Zeitungen . . . “

„Führen Sie uns zu den Gepäckfächern!“ verlangte Pommery barsch. „Beeilen Sie sich. Wenn mein Assistent krank werden sollte, werde ich Sie verhaften, darauf können Sie Gift nehmen.“

Verbissen schweigend, stapfte Sergeant Daven hinter Pommery und dem Stationsvorsteher her. Sie eilten durch die leeren, düsteren Wartehallen, die sich in wenigen Stunden schon wieder mit Reisenden füllen würden, wenn die ersten Züge dampfspeiend in die Station stampften. Vor den Gepäckfächern machten sie Halt. Pommery blickte auf die Nummer, die in den Schlüssel eingeprägt war, suchte das entsprechende Fach und schob den Schlüssel hinein. Daven beugte sich gespannt vor, als die Tür aufschwang: Ein anderer Schlüssel lag darin. Fast hätte Pommery ihn übersehen. Er holte ihn heraus. Es war ein großer, fast schon wuchtiger Schlüssel aus Schmiedeeisen mit kunstvollen Verschnörkelungen. Er war alt. Hier und da hatte er Grünspan angesetzt. Pommery steckte ihn ein. Er drehte sich grußlos um, ließ den Stationsvorsteher stehen und zerrte Daven mit sich zum Wagen.

„Sie müssen ins Bett, Sergeant", sagte er. Er gab Gas und raste los, um Daven in seine Wohnung an der Sutherland Street zu bringen. „Nehmen Sie vorher ein heißes Bad."

„Ich hätte diesen Kerl erwürgen können", bibberte Daven.

„Vergessen Sie nicht, daß Sie Scotland-Yard-Sergeant sind", sagte Pommery. „Nutzen Sie die Zeit, das Buch ‚Die Tür mit den sieben Schlössern' zu lesen. Ich habe das Gefühl, wir kommen jetzt weiter."

Ein gefährliches Treffen

Das Haus am Bressenden Place war alt, düster und efeubewachsen und stand schon seit langer Zeit leer. Es wurde von einem verwilderten Park umgeben. Der Mann, der nach Einbruch der Dunkelheit das Gittertor passierte und auf das

Haus zuging, war einer der zahllosen kleinen Einbrecher, die sich in London herumtrieben und mit Diebstählen ihren Lebensunterhalt fristeten. Er fand die schmale Seitentür, die ihm beschrieben worden war. Sie war offen. Ein modriger Hauch wehte ihm entgegen. Er zögerte, dann trat er ein und ging durch einen schmalen Gang, in dem eine Kerze brannte. Da war eine weitere Tür. Aus Eiche. Schwer und dunkel. Der Mann drückte die Klinke hinunter und stand in einem schwach erhellten, weitläufigen Raum. Seine Schritte hallten hohl. Das Haus war offenbar fast völlig leer. Die Fenster waren verhängt.

In einer Ecke des großen Raums stand ein wuchtiger Schreibtisch.

„Kommen Sie näher!" Die Stimme klang befehlend. Sie hatte einen dunklen, beinahe dröhnenden Klang. Der Mann tappte, in das diffuse Licht blinzelnd, auf den Schreibtisch zu und blieb in einiger Entfernung erschrocken stehen: Hinter dem Schreibtisch saß ein Mensch ohne Gesicht. Da war nur eine bleiche Larve zu sehen, in der Mund und Nase erkennbar waren, aber keinerlei Züge. Die Augen waren völlig ohne Leben.

„Sie hatten die Aufgabe, in eine Wohnung am Oxford Square einzusteigen und eine Geldtasche zu entwenden", sagte die unheimliche Gestalt.

„Ich habe mich genau an die Anweisungen gehalten. Ich habe auch das Geld ordnungsgemäß abgeliefert."

„Und Sie haben Ihren Lohn erhalten", sagte das wächserne Gesicht. „Aber Sie haben einen schweren Fehler begangen. Sie haben den Schlüssel verloren, den Sie zusammen mit dem Geld am vorgeschriebenen Platz hinterlegen sollten."

„Es muß passiert sein, als ich von der Strickleiter gesprungen bin", antwortete der andere.

„Sie haben Spuren hinterlassen", sagte die Wachslarve. „Aber der Verlust des Schlüssels ist unverzeihlich. Sie sind unfähig. Sie haben unser Unternehmen in höchste Gefahr gebracht. Es ist darüber geredet worden, Sie aus dem Weg zu schaffen."

Der Dieb sah, daß eine Pistole vor dem Wachsgesicht lag. Seine Kehle wurde eng.

„Wir haben uns entschlossen, Sie laufenzulassen, weil es nicht wert ist, sich länger als nötig mit einer jämmerlichen Kreatur wie Ihnen zu beschäftigen. Sie verfügen noch über einen weiteren Schlüssel. Geben Sie ihn ab!"

Mit zitternden Händen fischte der Einbrecher einen kleinen Schlüssel aus der Jackentasche.

„Legen Sie ihn auf den Tisch!"

Er nahm allen Mut zusammen und sagte: „Wenn ich wüßte, wer Sie wirklich sind, würden Sie es nicht wagen, so mit mir zu reden."

„Aber du weißt es nicht, also hüte deine Zunge!" Die Pistole richtete sich auf den Einbrecher. „Geh! Und laß dich nie mehr sehen!"

Der Mann drehte sich um und stolperte zurück zu der dicken Eichentür. Als er hier noch einmal den Kopf wandte, war das Wachsgesicht verschwunden. Spurlos. Wie ein Spuk. Der Mann wurde von Furcht geschüttelt. Er hastete hinaus und war froh, mit dem Leben davongekommen zu sein. Er merkte kaum, daß es zu schneien begonnen hatte.

Die Verwirrung wächst

Der Telefonanruf hatte Pommery gerade noch erreicht, bevor er sein Büro im Scotland-Yard-Gebäude verlassen wollte. Es war spät geworden, und er hatte sich auf seine Wohnung gefreut. Statt dessen betrat er nun ein kleines Polizeirevier an der Wigmore Street. Der leitende Beamte, ein hünenhafter, ungemein dicker Mann trat ihm mit gewichtiger Miene entgegen. – „Eine ernste Sache, Sir", sagte er im Verschwörerton. „Ein Raubüberfall."

„Ich weiß Bescheid," sagte Pommery ungeduldig. „Ich bearbeite die Überfallserie. Ist dem Opfer etwas passiert?"

„Glücklicherweise nicht", antwortete der Beamte, sichtlich beleidigt. „Ihm sind mehr als zehntausend Pfund geraubt worden."

„Bankbote?" fragte Pommery. Als der Beamte nickte, sagte er: „Also das übliche. Hat er Angaben über den Täter gemacht?"

„Er hat davon gesprochen, es sei ein kleiner, dicker Mann gewesen."

„Keine historische Gestalt?" fragte Pommery mißtrauisch.

„Historische Gestalt?" Der Stationsleiter blickte Pommery an, als zweifle er an dessen Verstand. „Nein. Ein normal aussehender Mann, vielleicht ein bißchen blaß. Erstaunlich nur, daß er nicht einmal eine Gesichtsmaske getragen hat."

Der Beamte führte ihn durch das Revier in einen stillen Raum, wo sich eine alte Ledercouch befand.

„Ich bringe Ihnen den Inspektor, Mr. Grey“, sagte der Beamte, als er eintrat. Er ließ Pommery an sich vorbei.

Am Tisch mitten im Raum saß ein untersetzter, bieder aussehender Mann mit verstörtem Gesicht. Pommery grüßte freundlich. Der Mann hob den Kopf, starrte den Inspektor fassungslos an und sprang dann wie von der Tarantel gestochen auf. Er schrie: „Das ist er! Ich erkenne ihn genau!“ Er taumelte zurück und wurde ohnmächtig.

„Er muß verrückt geworden sein.“ Der Polizist beugte sich über den Mann. Zusammen mit Pommery schleppte er ihn zu der Couch.

„Ich fürchte, nein“, sagte Pommery. Er konnte mit Mühe seine Haltung wahren. Er war zutiefst empört.

„Das ist eine blanke Verhöhnung!“ Pommery ging in seinem Büro auf und ab. Sein Gesicht hatte sich gerötet. „Einen Straßenräuber mit meinem Gesicht loszuschicken, ist eine ganz unerhörte Beleidigung.“

Sergeant Daven hatte das Büro gerade betreten. Seine Augen blitzten vor Erregung. „Ich würde es anders sehen, Sir“, wandte er ein. „Vermutlich sind Sie den Halunken bereits dicht auf der Spur, ohne daß wir es selbst wissen, und man will Sie unmöglich machen, um Sie aufzuhalten.“

„Meinen Sie?“ Pommery blieb stehen. „Sie können recht haben, Daven. Der Fund des Schlüssels hat dem Fall eine neue Wendung gegeben. Wenn wir erst den zweiten Schlüssel identifiziert haben . . . “

„Deshalb bin ich hier, Inspektor.“ Daven sah aus, als würde er gleich platzen. „Ich weiß, was für ein Schlüssel das ist.“ Er hielt den großen eisernen Schlüssel hoch. „Er gehört zu einer Gruft auf dem St.-John-Friedhof.“

„Großartige Arbeit, Sergeant.“ Pommery war ehrlich beeindruckt. „Sie sind der beste Assistent, den ich je hatte.“

„Danke, Sir“, sagte Daven. Er verbeugte sich leicht und mußte gleich darauf entsetzlich niesen. „Entschuldigung, Sir“, sagte er. „Aber die eiskalte Dusche in jener Nacht . . . “ Pommery hörte schon nicht mehr. Er eilte zum Paternoster, um ins Erdgeschoß zu fahren und im Hof seinen Wagen zu besteigen.

Es schneite schon seit Stunden. Pommery hatte sich den Bowler tief ins Gesicht gedrückt, als er zusammen mit Sergeant Daven und dem Friedhofswärter Taylor Baines zwischen den Grabsteinen hindurchwanderte.

„Ich kann mir gar nicht denken, wie der Schlüssel der Gruft weggekommen sein kann“, versicherte Taylor Baines immer wieder. „Die alten Schlüssel werden allerdings in einem unverschlossenen Schrank aufbewahrt. Immerhin handelt es sich um Grüfte, deren Eigner selbst schon verstorben sind oder deren Familien kein Interesse mehr daran haben.“

„So eine Gruft ist doch ein ideales Versteck“, bemerkte Pommery. „Still, verschwiegen und sicher.“

„Daran habe ich noch nie gedacht“, sagte Baines. „Aber ich kann mir auch nicht vorstellen, daß auf meinem Friedhof ungesetzliche Dinge geschehen. Ich habe immer für Ordnung gesorgt.“

„Die Toten werden diese Ordnung auch kaum stören“,

bemerkte Daven. Er nieste jetzt öfters. „Es sind die Lebenden, die Ärger bereiten."

Sie hatten eine kleine Kapelle mit Kuppeldach und Marmorsäulen erreicht. Als Daven fragte: „Ist sie das?", nickte Baines ergeben.

Sie betraten den kleinen Kuppelbau. Pommery zog den wuchtigen Schlüssel aus der Tasche, als sie die mit einem Kreuz versehene Stahltür erreichten, hinter der sich die Gruft befand. Pommery schob den Schlüssel ins Schloß. Eine stille, erhabene Atmosphäre, die die Nähe des Todes ausstrahlte, erfaßte auch ihn. Der Schlüssel ließ sich schwer drehen. Endlich sprang die Tür auf. Eine düstere Treppe war zu sehen. Pommery nahm Baines die Petroleumlampe ab, die dieser mitgebracht hatte, zündete sie an und ging als erster die Treppe hinunter. Ein modriger Geruch wehte ihm entgegen. In der Gruft sah er die Sarkophage der Familie Venneford, von der angeblich nur noch eine Nebenlinie in Australien existierte. Auf einem der Steinsärge lag ein altertümliches Kostüm aus Samt, Brokat und Leinen. Zusammen mit einer Wachsmaske, die unverkennbar das Gesicht von Königin Victoria darstellte. Neben diesen Gegenständen lag erneut ein Gepäckfachschlüssel.

„Das – das ist ganz unglaublich", stammelte Baines.

„Die Gruft steht ab sofort unter Polizeiüberwachung", sagte Pommery. „Sergeant, nehmen Sie die Sachen mit. Wie es aussieht, haben wir die Garderobe unserer Straßenräuber entdeckt – zumindest eine der Garderoben." Daven nahm fast ehrfürchtig die Wachsmaske in die Hände. Sie war perfekt gearbeitet. Pommery hatte den Schlüssel eingesteckt.

Er sagte: „Wir dürfen keine Zeit verlieren, Sergeant." Er drehte sich zu Baines um: „Sie werden sich für ein längeres Verhör zur Verfügung halten." Dann eilte er davon.

„Aber – ich weiß doch gar nichts", stotterte der Friedhofswärter.

„Jeder weiß etwas", bemerkte Sergeant Daven, der sich das Kostüm von Königin Victoria unter den Arm klemmte. „Das lehrt uns Edgar Wallace." Der Friedhofswärter blickte den Beamten ratlos nach. Sie verschwanden im dichten Schneegestöber.

Sir Edwin Hippelshaw betrat das Büro von Inspektor Pommery mit hoheitsvoller Geste. Er trug einen eleganten Seidenhut und einen maßgeschneiderten Mantel mit Hermelinbesatz.

„Ich bin froh, daß ich Sie antreffe, Inspektor", sagte der Direktor des Wachsfigurenkabinetts. Er legte die neueste Ausgabe der „Times" auf den Schreibtisch und deutete mit sichtlichem Widerwillen auf eine Schlagzeile. „Das ist der dritte Bericht binnen zehn Tagen, der unser angesehenes Haus in Zusammenhang mit den furchtbaren Überfällen bringt", sagte Sir Hippelshaw. „Es ist uns sehr unangenehm, daß sofort, wenn von Wachsfiguren die Rede ist, der Name von Madame Tussauds Kabinett fällt. Es wird über wandernde Wachspuppen gesprochen, und einer dieser Schreiberlinge versteigt sich dazu, uns zu raten, unsere Figuren nachts zu bewachen."

„Ich verstehe Ihre Erregung völlig." Pommery nickte bekümmert. „Leider habe ich keinen Einfluß auf die Presse.

Wie Sie aus diesen Artikeln ersehen, gehen die Zeitungen nicht gerade zimperlich mit Scotland Yard um, weil wir bisher die Täter nicht stellen konnten."

„Diese Kritik teile ich", erklärte Edwin Hippelshaw kühl. „Je länger dieser Spuk dauert, desto länger müssen wir den ehrenwerten Namen von Madame Tussaud in diesem Zusammenhang in der Zeitung lesen."

„Vielleicht können Sie mir bei der Aufklärung helfen, Sir Edwin", sagte Pommery freundlich. „Ich hätte Sie ohnehin in den nächsten Tagen aufgesucht." Er entnahm einem Schrank in seinem Büro das Kostüm und die Wachsmaske, die er und Daven in der Gruft gefunden hatten.

Sir Hippelshaw wirkte sichtlich pikiert.

„Vorzügliche Arbeit", gab er widerwillig zu, nachdem er die Maske betrachtet hatte, die das Gesicht Königin Victorias zeigte. „Ganz ausgezeichnet. Das hätte unsere Werkstatt nicht besser machen können."

„Sie haben keine Idee, wo es in London eine Werkstatt für Wachsfiguren geben könnte, die in der Lage wäre, solche Masken herzustellen?"

„Absolut nicht", antwortete Sir Hippelshaw. „Wir haben natürlich einige Konkurrenz, auch außerhalb Londons. Aber . . . ", er rümpfte verächtlich die Nase, „keiner von denen kann sich mit uns wirklich messen."

„Davon bin ich überzeugt", versicherte Pommery. „Nun, ich werde den Hersteller schon finden. Wir sind in letzter Zeit ein gutes Stück weitergekommen."

„Sie haben einen Verdacht?" fragte Sir Hippelshaw neugierig.

„Es gibt eine Reihe von vielversprechenden Spuren", wich Pommery aus. „Außerdem habe ich interessante Parallelfälle entdeckt."

„Wohl in diesen Büchern?" Hippelshaw deutete auf die dicken Edgar-Wallace-Bände auf Pommerys Schreibtisch.

„Ganz recht, Sir."

„Nun, jeder hat seine Methode." Um die Mundwinkel von Edwin Hippelshaw spielte ein geringschätziges Lächeln. „Jedenfalls muß ich darauf bestehen, daß Madame Tussauds Kabinett nicht mehr im Zusammenhang mit diesen Verbrechen in der Zeitung erscheint."

„Wir tun unser Bestes", sagte Pommery. „Vermutlich werde ich noch einmal mit Ihrem Meister sprechen müssen, um die Herkunft der Masken zu klären."

Sir Edwin Hippelshaw rauschte hinaus. Er rannte beinahe Sergeant Daven über den Haufen, der mit triefender Nase das Büro betrat.

„Sie sollten nach Hause gehen und sich ins Bett legen", sagte Pommery besorgt. „Sie haben Fieber, Sergeant."

„Es ist nicht so schlimm, Sir." Daven legte einen großen schmucklosen Schlüssel mit vielfach gezacktem Bart auf den Tisch. „Das lag in dem Gepäckfach, zu dem der Schlüssel aus der Gruft gepaßt hat."

Pommery betrachtete den Schlüssel eingehend: „Er gehört zu einer Haustür, wenn ich mich nicht irre. Das wird schwierig. Wir werden mit Häuserverwaltern und Maklern sprechen müssen, ob denen in letzter Zeit ein Schlüssel abhanden gekommen ist."

„Ich habe auch an die Schlüsseldienste gedacht, Sir",

ergänzte Daven. „Eventuell existiert dieser Schlüssel in mehreren Exemplaren, dann muß er von jemandem angefertigt worden sein. Es gibt nicht viele Spezialwerkstätten für Schlüssel. Sie sind leicht zu überprüfen."

„Ausgezeichnete Idee, Sergeant. Dabei können Sie von unseren tüchtigen Bobbies unterstützt werden." Pommery erhob sich. Er steckte sich ein Wallace-Buch in die Tasche seines Mantels, nachdem er sich angezogen hatte. „Ich werde einige andere Erkundigungen einziehen."

„Sie haben gewiß schon wieder eine weiterreichende Spur, Sir."

„Das weiß man nie genau im voraus", erwiderte Pommery rätselhaft.

„Was wollte übrigens Sir Edwin Hippelshaw bei Ihnen?"

„Eine Beschwerde", sagte Pommery geistesabwesend. „Wie immer: Die Leute beschweren sich ständig über die Polizei. Aber wir sind auch nur Menschen." Er lächelte unvermittelt sein stilles Lächeln und ging davon, Sergeant Daven – wie so oft – ratlos zurücklassend.

Jagd auf die Masken

Die beiden Wagen rollten den Bressenden Place hinunter und hielten im Schatten mehrerer mächtiger Kastanien an. Die Männer stiegen aus und stapften durch den sacht rieselnden Schnee die Straße hoch bis zu einem riesigen schmiedeeisernen Tor. Sie betrachteten das düstere, efeuberankte Haus eine Weile und gingen dann darauf zu. Sie umrundeten das Gebäude und stießen auf eine Seitentür. Als sie den Schlüssel ins Schloß schoben, rastete die Verriegelung aus.

„Gratuliere, Sergeant“, sagte Pommery. Er hielt seine Pistole in der Rechten, als er in den dunklen Gang hinter der Tür trat. Sergeant Daven und zwei weitere Beamte folgten schweigend. Sie schlossen die Tür hinter sich wieder und erreichten mehrere weitläufige, nahezu unmöblierte Räume. Wenig später war klar, daß das Haus leer war.

„Das ist wirklich erstaunlich“, sagte Sergeant Daven. „Immerhin hat mir der Schlüsseldienst, bei dem ich diese Adresse ausfindig gemacht habe, gesagt, daß acht Exemplare des Schlüssels für die Seitentür bestellt worden waren. Als Inhaber ist ein Mr. Ernest Stafford im Grundbuch eingetragen, der hier angeblich auch seinen Wohnsitz hat.“

Pommery antwortete nicht. Er betrachtete einen einsamen, wuchtigen Schreibtisch in einem der riesigen Räume. In diesem Moment gab einer der anderen Beamten einen warnenden Laut von sich. Alle verstummten und lauschten. Ein Schloß knackte. Gleich darauf ging die Tür auf, durch die sie soeben selbst gekommen waren. Ein magerer, kleinwüchsiger Mann tauchte auf, der ein Paket über dem Arm trug. Erschrocken starrte er auf die Besucher, dann drehte er sich um und versuchte zu flüchten. Daven und die beiden anderen Beamten waren sofort hinter ihm her, holten ihn ein, bevor er in den verwilderten Park stürmen konnte und schleppten ihn, obwohl er sich heftig wehrte, zu Pommery zurück.

„Den Burschen kenne ich“, erklärte einer der Beamten. „Ein kleiner Taschendieb aus Soho.“ Daven öffnete das

Paket, das der Mann, der sich jetzt furchterfüllt umblickte, bei sich gehabt hatte. Zum Vorschein kam das Kostüm einer historischen Gestalt aus dem 18. Jahrhundert und eine mit Glasaugen versehene Wachsmaske mit einer eingebauten kleinen Pfeife, mit der entsetzliche Töne erzeugt werden konnten. Außerdem eine Ledertasche, wie Bankboten sie benutzten. Die Tasche enthielt 20000 englische Pfund.

„Ich weiß nichts!" beteuerte der Mann, der als Billy Cator, mehrfach vorbestrafter Dieb, erkannt worden war. „Ich sollte lediglich das Kostüm und die Beute hier abgeben. Wie immer. Meine Bezahlung ..." Er verstummte, aber Pommery bohrte sofort nach: „Was ist mit der Bezahlung?" Cator wand sich, wies dann auf den großen Schreibtisch, und Daven entdeckte im untersten Fach einen Briefumschlag, in dem sich 30 Pfund befanden.

„Wie oft hast du das schon gemacht, Billy?" fragte Pommery.

„Dreimal, oder viermal. Jedesmal habe ich einen Zettel mit den Anweisungen und einen Schlüssel bekommen. Mit dem Schlüssel habe ich ein Gepäckfach an einer Bahnstation geöffnet und den Schlüssel zu einer Gruft gefunden, in der ein Kostüm lag, und der Schlüssel für ein Gepäckfach, in dem sich der Schlüssel für dieses Haus befand. Alles habe ich dann nach dem Überfall hier abgelegt."

„Und beim erstenmal?" fragte Pommery.

„Ich bin hierher bestellt worden. Ein Mann hat mich gefragt, ob ich ab und zu eine besondere Aufgabe übernehmen würde. Aber ich habe diesen Mann nicht richtig gesehen. Er hatte eine Wachsmaske auf." Cator blickte sich ängstlich um. „Ich muß immer sofort verschwinden, wenn ich die Sachen abgeliefert habe. Der Mann hat gesagt, daß er mich sofort erschießt, wenn er mich noch hier antrifft."

In diesem Moment ging die Haupttür. Schritte, die in den leeren Räumen seltsam hohl klangen, waren zu hören. Billy begann zu zittern: „Da ist er!"

Knackend öffnete sich eine versteckt angebrachte Tür, die die Männer noch gar nicht entdeckt hatten. Es dauerte nur einen Sekundenbruchteil, dann hatte der Ankömmling die Gefahr erkannt. Die Tür fiel krachend wieder zu. Pommery schrie: „Raus und hinterher!"

Sie stürmten durch den engen Gang ins Freie, aber sie sahen keinen Menschen, obwohl sie das Haus sofort umrundeten und das Tor absperrten. Als sie ins Haus zurückkehrten, war Billy Cator verschwunden. Er hatte die Gelegenheit genutzt, zu flüchten. Der Inspektor winkte ab: „Den kriegen wir, wenn es nötig ist. Der Bursche wußte ohnehin nichts mehr." Pommery drückte Daven die sichergestellten Utensilien in die Hand. „Sorgen Sie dafür, daß das Geld zurückgegeben wird. Wahrscheinlich ist das zuständige Polizeirevier längst von dem erneuten Überfall unterrichtet. Ich werde mich um diesen geheimnisvollen Mr. Stafford kümmern, der angeblich hier wohnen soll." Pommery wandte sich zur Tür.

„Sie wissen mehr, Inspektor", sagte Daven. „Sagen Sie mir . . ."

„Später, Sergeant." Pommery trat in den Schnee hinaus. Sein Gesicht hatte sich verändert, es wirkte schärfer, lauernder. Es war das Gesicht eines Jägers.

Inspektor Pommery wanderte durch die langen Gänge des Wachsfigurenkabinetts von Madame Tussaud. Überall standen Gestalten, von denen er auf Anhieb nicht sicher war, ob sie lebten oder nur nachgebildet waren. Es herrschte starker Besucherverkehr.

Pommery erreichte das Büro von Sir Edwin Hippelshaw und klopfte an. Hippelshaw saß ehrfurchtgebietend hinter seinem Schreibtisch.

„Ich freue mich, Sie zu sehen. Hatten Sie Erfolg, Inspektor? Die letzten Tage waren ruhig, soweit man den Zeitungen glauben kann." Er reichte Pommery die Hand und lud zum Sitzen ein.

„Wenn man den Bau des Fuchses verstopft, muß er sich ein neues Revier suchen", antwortete Pommery. „Sie haben sich neulich bei mir beschwert, daß der ehrenwerte Name dieses Wachsfigurenkabinetts zu oft im Zusammenhang mit diesen Verbrechen in der Zeitung genannt wird. Ich bin untröstlich, daß ich nicht verhindern kann, daß dies noch einmal vorkommen wird."

„Das klingt sehr unerfreulich, Inspektor." Ein gewisser Hochmut lag in den Zügen von Sir Edwin Hippelshaw, der jedoch wie weggewischt war, als Pommery einen vergilbten Zeitungsausschnitt mit einem Foto über den Schreibtisch schob. Der Artikel berichtete über den Selbstmord eines gewissen Ernest Stafford, Inhaber eines kleinen, aber offenbar erfolgreichen Wachsfigurenkabinetts im Stadtteil Hoxton.

„Das Foto ist fast zwanzig Jahre alt", sagte Pommery in der gewohnt schläfrigen Art. Zugleich glich er einem lauernden Tiger. „Aber die Ähnlichkeit ist verblüffend, nicht wahr, Sir Edwin?“

Sir Edwin Hippelshaw erbleichte. Pommery richtete sich auf. Er sagte: „Ich verhafte Sie, Mr. Ernest Stafford, wie Ihr richtiger Name lautet. Ich beglückwünsche Sie dazu, daß es Ihnen gelungen ist, fast zwanzig Jahre lang Ihre Umgebung zu täuschen. Es wäre auch niemand auf den Gedanken gekommen, Ihren Namen anzuzweifeln, hätten Sie nicht versucht, zu Ihrer Vergangenheit zurückzukehren.“

„Das – das ist lächerlich“, versetzte Hippelshaw, alias Stafford stockend.

„Leider nicht, Sir“, antwortete Pommery. „Sie haben damals in jungen Jahren als Ernest Stafford ein Wachsfigurenkabinett eröffnet, das eine Zeitlang Madame Tussaud tatsächlich Konkurrenz gemacht hat. Das lag an der Art der Darstellung und an der meisterhaften Gestaltung der Figuren durch den begnadeten Wachsbildhauer Fred Farlow, der Ihr Partner war. Aber Sie konnten mit dem plötzlichen Erfolg nicht umgehen und haben Ihr Geld auf den Rennplätzen und in Spielsalons durchgebracht, bis Sie soviele Schulden hatten, daß die Banken Ihnen die Kredite gesperrt haben. Ihr Unternehmen brach zusammen. Es stellte sich heraus, daß die Bücher des Wachsfigurenkabinetts gefälscht waren. Ernest Stafford beging angeblich Selbstmord, seine Leiche wurde nie gefunden. Fred Farlow wurde für zwei Jahre ins Gefängnis geschickt. In der Zwischenzeit aber legten Sie sich einen neuen Namen zu, verschwanden für einige Zeit aus England und kehrten vor zehn Jahren als Sir Edwin Hippelshaw zurück. Sie arbeiteten sich binnen drei

Jahren zum Direktor von Madame Tussauds Wachsfigurenkabinett hoch und holten Ihren alten Partner als Chef der Figurenwerkstatt hierher. Jetzt schien Ihnen die Zeit reif, zurückzuschlagen, sich an den Banken zu rächen, die damals Ihren Zusammenbruch ausgelöst hatten, und sich erneut selbständig zu machen. Das Haus für Ihr eigenes Wachsfigurenkabinett haben Sie am Bressenden Place bereits vor über einem Jahr gekauft. Unter Ihrem alten Namen. Leugnen ist zwecklos. Sie wollten, sowie genug Geld beisammen war, zusammen mit Farlow erneut ein eigenes Kabinett eröffnen. Unter welchem Namen auch immer."

Die Tür öffnete sich. Sergeant Daven trat ein. Er sagte: „Fred Farlow ist verhaftet, Sir. Wir haben bei ihm eine Wachsmaske mit Ihrem Gesicht gefunden, Inspektor."

„Auch das war ein großer Fehler, Stafford", sagte Pommery. „Einen Inspektor von Scotland Yard versucht man nicht straflos lächerlich zu machen."

Stafford hatte bis jetzt geschwiegen. Nun erhob er sich. Er versuchte, seine hochmütige Haltung zurückzugewinnen. Er sagte: „Offenbar können Sie doch mehr als Edgar-Wallace-Romane lesen."

„Mehr muß ich gar nicht können, Sir", sagte Pommery. „Edgar Wallace verdanke ich entscheidende Anregungen in diesem Fall. Führen Sie Mr. Stafford ab, Sergeant! Unauffällig, bitte. Madame Tussauds Wachsfigurenkabinett ist für England eine Institution. Es darf nicht geduldet werden, daß diese Institution in Verruf gebracht wird. Ohne Madame Tussauds Wachsfigurenkabinett wäre England nicht mehr England."

Pommery blickte Stafford, alias Hippelshaw nach, als Daven ihn hinausführte. Er schritt nachdenklich durch die weitläufigen Hallen des Wachsfigurenkabinetts und stand plötzlich wieder vor der Figur von Edgar Wallace. Beeindruckt betrachtete er den massigen Schädel, die listigen Augen, den ausdrucksvollen Mund. Er dachte: Wirklich erstaunlich. Als ob er leben würde . . .

In diesem Augenblick erhob sich die vermeintliche Wachsfigur, rückte sich den Anzug gerade und stieg von dem Podest herunter.

„Ich hoffe, ich habe Sie nicht erschreckt, Sir“, sagte Edgar Wallace. Er zog ein Feuerzeug aus der Tasche und zündete sich die Zigarette in der langen silbernen Spitze an, die er zwischen den Lippen klemmen hatte. „Ab und zu mache ich mir den Spaß und nehme den Platz meiner Wachsfigur ein. Es gibt keine bessere Methode, Menschen zu beobachten. Ich hörte, Sie seien Inspektor bei Scotland Yard?“

„Ganz – recht“, stammelte Pommery, weiß wie ein Laken.

„Ich hoffe, Sie und Ihre Kollegen fühlen sich in meinen Büchern nicht schlecht behandelt“, sagte Wallace.

„Ich – ich habe – gerade einen Fall gelöst . . . “

„Wie erfreulich. Sie müssen mich gelegentlich einmal besuchen, Inspektor, und mir von Ihrer Arbeit erzählen. Ich bin sicher, daß ich noch eine Menge von Ihnen lernen kann.“ Wallace ergriff seine Melone und stülpte sie auf. Er lächelte freundlich und ging mit energischen Schritten davon.

„Ich lerne von Ihnen“, wollte Pommery noch sagen. „Aus

Ihren Büchern." – Er kriegte kein Wort heraus. Er mußte sich setzen. Ihn schwindelte. Als er sich wieder erhob, saß Edgar Wallace wieder auf seinem Platz: Diesmal war es die Wachsfigur. Zwei Diener hatten sie gebracht. Es war kaum ein Unterschied zu bemerken.

„Wirklich unerhört", murmelte Pommery vor sich hin. Er meinte, noch den Händedruck von Edgar Wallace spüren zu können.

Das Rätsel wird gelöst

„Nicht jeder ist das, was er vorgibt zu sein", sagte Inspektor Pommery. Er saß mit Sergeant Daven in seinem kleinen Büro. Es roch würzig nach Tee. Auf dem Tisch stand eine Schüssel mit Plumpudding. In zwei Tagen war Weihnachten. Sergeant Daven lief beim Anblick des Puddings das Wasser im Mund zusammen.

„Eine alte Weisheit von Edgar Wallace", bemerkte Pommery. „Die ersten Hinweise auf Ähnlichkeiten zu verschiedenen Wallace-Fällen erhielt ich, wie Sie wissen, aus ‚Die Bande des Schreckens'. Aber ganz entscheidend kam ich nach der Lektüre von ‚Die Tür mit den sieben Schlössern' weiter. Die Ähnlichkeiten zu unserem Fall waren verblüffend. Vor allem, als die vielen Schlüssel auftauchten. Sie wissen, daß ich früh vermutet habe, daß jemand, der totgeglaubt wurde, hinter den Überfällen stehen könnte. Auch hatte ich das Rachemotiv angenommen. Beides erwies sich als richtig. In der ‚Bande des Schreckens' taucht ein angeblich hingerichteter Verbrecher auf, um sich an Richtern und Anwälten zu rächen. Hier hat Ernest Stafford sich an den Banken rächen wollen, die ihn angeblich finanziell ruiniert haben. In Wahrheit hatte er sich selbst ruiniert, aber nur selten erkennen Menschen ihre eigene Schuld an. Stafford wollte sich das damals verlorene Geld von den Banken zurückholen, um sich erneut ein eigenes Wachsfigurenkabinett aufzubauen, Daß er dabei die Masche mit den historischen Masken wählte, ist kein Wunder; die meisten Verbrecher bewegen sich auf einem Feld, das sie auch in einem ordentlichen Leben besonders gut kennen. Zudem war die Idee brillant und sehr wirksam. Ebenso die Verwicklung mit den vielen Schlüsseln, so daß keiner der kleinen Gauner, die als Täter angeheuert wurden, ihren Auftraggeber entlarven konnten. Die Verbindung zu diesen kleinen Gaunern hatte übrigens Farlow geknüpft, während er im Gefängnis saß. Die Informationen aus dem Bankgewerbe sammelte ebenfalls Farlow, der den Auftrag hatte, bekannte Bankiers und Industrielle für das Wachsfigurenkabinett zu portraitieren und von diesen arglos empfangen wurde. Er war meist in den Büros, während Anweisungen an die Bankboten gegeben wurden. Niemand hat ihm mißtraut. Lesen Sie Edgar Wallace, Daven, und Sie werden sehen, daß die kompliziertesten Sicherheitsvorkehrungen oft durch ganz simple Tricks unterlaufen werden.“ Pommery begann mit Appetit seinen Plumpudding zu löffeln. Er fuhr kauend fort: „Als wir das Haus gefunden hatten und ich feststellte, daß Ernest Stafford angeblich tot war, wußte ich, daß wie in ‚Die Bande des Schreckens‘ ein angeblich Toter in Wahrheit höchst lebendig sein mußte. Der Friedhofswärter gehörte auch zu Stafford. Ich habe also versucht, die Geschichte Staffords zu rekonstruieren und bin auf Fakten gestoßen, die nur auf Sir Hippelshaw zutreffen konnten. Der Anwalt, der den Hauskauf erledigt hatte, beschrieb Stafford – der bei ihm lebendig erschienen war, obwohl er ansonsten als tot galt – wie Sir Hippelshaw. Der Rest war ein Kinderspiel. Der Pudding ist ausgezeichnet, Daven."

„Danke, Sir. Es ist großartig, wie Sie die letzten Teile dieses Falles zusammengesetzt haben."

„Kein Problem, Sergeant – wenn man versucht, von Edgar Wallace zu lernen."

„Beeindruckend, Sir", sagte Daven. „Übrigens, Sir: In zwei Tagen ist Weihnachten. Ich wollte mir erlauben ... Ein kleines Geschenk ... " Daven erhob sich und reichte Pommery ein in buntes Papier gewickeltes Päckchen.

„Das ist doch nicht nötig!" Pommery wirkte gerührt. Er öffnete das Päckchen, nachdem Daven es ihm ausdrücklich gestattet hatte. Zum Vorschein kam ein Buch: „Töchter der Nacht" von Edgar Wallace.

„Daven ...!" Pommery schüttelte den Kopf. „Sie beschämen mich."

„Soeben erschienen, Sir", sagte Daven. Pommery nickte. Er sagte: „Ich habe auch ein Geschenk für Sie, Daven. Nur dürfte die Überraschung weg sein. Denn ... Sehen Sie selbst." Pommery schob seinerseits ein Päckchen über den Tisch. Daven öffnete es – und fand dasselbe Buch.

„Ich glaube", sagte Pommery lachend, „es wird uns nicht schaden, wenn wir es beide lesen."

„Bestimmt nicht, Sir“, sagte Daven. „Ich hoffe, ich werde viel daraus lernen.“ Pommery nickte. Er leerte seine Teetasse, erhob sich und streift seinen Mantel über. „Ich habe über die Feiertage genug zu tun. Frohe Weihnachten, Sergeant.“

„Frohe Weihnachten, Sir.“ Daven blickte der kleinen, rundlichen Gestalt nach. Pommery bewegte sich davon, noch immer gedankenverloren dem Fall der wächsernen Straßenräuber nachhängend. Draußen hatte es wieder zu schneien begonnen . . .

Ende des sechsten Buches

CIP-Kurztitelaufnahme der Deutschen Bibliothek

Gilmoor, John:
Edgar Wallace löst das Rätsel / John Gilmoor.
Menden/Sauerland: Kibu.
6. Die Glasaugenmenschen. – 1985.
ISBN 3-88101-740-2

5750 Menden 2 / Sauerland
Einbandgestaltung
Werner Ahrens und Rainer Willingstorfer
Printed in Germany